AF332831

ENCORE

UNE JÉSUITIQUE.

SATIRE

PAR

HIPPOLYTE FLEURY.

PARIS,

A LA LIBRAIRIE UNIVERSELLE,

Rue Vivienne, Nº 2 bis.

ET CHEZ LES MARCHANDS DE NOUVEAUTÉS.

1827.

ENCORE
UNE JÉSUITIQUE,

ou

MON DERNIER MOT

SUR LES RÉVÉRENDS PÈRES;

Satire

Par Hippolyte Fleury.

PARIS,

A LA LIBRAIRIE UNIVERSELLE,
Rue Vivienne.

ET CHEZ LES MARCHANDS DE NOUVEAUTÉS.

1827.

MON DERNIER MOT

SUR

LES RÉVÉRENDS PÈRES.

ENCORE UNE JÉSUITIQUE,

ou

Mon dernier Mot

SUR LES R. P.

────────────◦────────────

A MONSIEUR C. LACRETELLE,

DE L'ACADÉMIE FRANÇAISE.

Rival de Robertson que tu pris pour modèle,
Du siècle dix-huitième historien fidèle,
Toi qui, pour en tracer les terribles tableaux,
Souvent du fier Tacite empruntas les pinceaux ;
Mais qui, foulant aux pieds les brandons populaires,
Dont s'embrasa la fin de nos temps séculaires,
Ah ! loin de les éteindre, eus soin de recueillir
Les rayons bienfaisans qu'elle a fait rejaillir :
L'histoire t'a remis sa plume vengeresse ;
Elle t'a dit : « Défends la libre et noble presse,
»Qui prête à la pensée un prompt et vaste essor,
»Du génie à jamais garde l'heureux trésor ;

»Célèbre la vertu, stigmatise le crime,
»Au-dessus des bourreaux élève la victime,
»Eclaire les bons rois, fait pâlir les tyrans,
»Et soutient les petits sur qui pèsent les grands ;
»Oui, que rompant enfin un silence complice,
»D'un code inquisiteur ta voix fasse justice ! »
 Tu ne balanças point entre un servile emploi*
Un peu d'or, et l'honneur d'attaquer cette loi
Qui livre aux lourds pilons d'un fanatisme ignare,
Salit du sceau fiscal d'une police avare
Les dons de la pensée et les fruits des talens,
Brise enfin les crayons et le burin tremblans.
Le tien a pour jamais flétri l'œuvre barbare **

. . . .

. . . .

De Mont-Rouge en travail monstrueux avorton,
Mont-Rouge qui voudrait en un lien funeste,
De nos droits, de la charte étouffer ce qui reste,
Blanchi dans les combats que tu livras à tous,
De nos dévots tyrans t'honora le courroux.

Pour moi qui, peu connu, sans danger, contre Ignace
Puisai dans le carquois de Despréaux, d'Horace

* Cet académicien était censeur dramatique. Il a été destitué pour
avoir rédigé une supplique à S. M. contre le projet de loi sur la police
de la prease.
** Dans une brochure intitulée : *Histoire d'un Projet de loi.*

J'allais briser les traits plus polis qu'acérés,
Dont ses fils, en mes vers, n'ont été qu'effleurés *,
Ma muse eût pu du fouet d'une noire censure
Les frapper jusqu'au sang; j'adoucis la blessure,
Et d'indignation si j'éclatai parfois,
L'inflexible Clio seule inspira ma voix.

D'où viennent donc ces cris et ces clameurs sinistres ?
De l'Eglise pourquoi les imberbes ministres,
D'alliés dangereux fauteurs imprévoyans,
Lancent-ils sur mes vers leurs arrêts foudroyans ?
Mes vers où, plein d'amour pour notre culte antique,
J'ai raillé seulement l'escadron monastique
De ces bannis furtifs, ultramontains soldats,
Tyrannisant l'Eglise, et troublant les Etats;
D'un despote sacré sujets cosmopolites,
Précepteurs vagabonds et mondains cénobites;
De ces douteux abbés, errans prédicateurs,
Qui, d'un clergé crédule humbles dominateurs,
De nos droits, par degrés, bientôt insolens maîtres,
Fouleront à leurs pieds peuples, monarques, prêtres.

Mais du fougueux Barral je suis l'écho suspect (1),
Un affreux janséniste, et bientôt pour Utrecht (2)

* Dans ma première satire ; *Les Jésuites vengés*, brochure in-8°. —
Paris, chez les marchands de nouveautés. 1826. — Prix : 1 fr.

Je m'embarque, bravant Léon douze et ses bulles;
Ou plutôt je grossis les rangs des incrédules.
Jésuites, voilà votre argument banal !
Et bien! je consens d'être impie avec Pascal,
Noailles, d'Aguesseau, tant d'illustres génies,
Chez qui la foi, les mœurs ont brillé réunies.

Remonterai-je au temps où, rampant dans leur cour,
Des pontifes de Rome et des Rois tour à tour
Vous surprîtes la foi par des vœux hypocrites (3),
Et par l'échange adroit d'un pouvoir sans limites,
Formâtes en Europe uu monstre indépendant,
Dont les membres sans nombre en tous lieux s'étendant,
Guidés aveuglément par une seule tête,
Du monde, au nom du ciel, embrassaient la conquête?
Dans l'Etat, dans l'Eglise, alors un cri d'effroi
S'éleva contre Ignace et sa mystique loi,
Code affreux par Lainez conçu dans les ténèbres(4)
Qu'ont proscrit de Thémis tant d'organes célèbres,
Tant de corps, de pasteurs éclairés et pieux,
Du trône et de l'autel gardiens religieux,
Et des Gaules enfin l'auguste aréopage,
Du synode sacré perpétuelle image (5).
Les temps ont bien changé depuis que Mirepoix (6),
Sans choix, prostitua chapeaux, mitres et croix

A d'ignares sujets, troupe aveugle et soumise,
Abeilles de votre Ordre et frêlons de l'Eglise !
De leurs bourdonnemens, jusqu'à nous apportés,
Les bruits injurieux résonnent répétés
Par les crédules voix, les bouches mercenaires
Que garda votre adresse au sein des séminaires.

Eh ! quelle âme un peu libre et quel cœur vertueux
N'exprima son horreur pour votre joug honteux,
Pour cette ambition, cette astuce profondes
Voulant au froc despote asservir les deux mondes,
Qui, s'appuyant au ciel, immolent sans remords
Les droits les plus sacrés à la gloire du corps ?

Parmi ceux dont la France a reçu tant de lustre
S'offre à moi plus d'un nom dans l'univers illustre ;
Tous vos Fellers en vain voudraient les effacer ;
L'histoire en lettres d'or se plaît à les tracer.
De la gloire et des arts l'auréole divine
Protége Bossuet, Arnaud, Boileau, Racine (7),
Et le brillant Voltaire, et l'éloquent Rousseau ;
Celui que la nature arma de son pinceau,
Le penseur dont la plume, en de profonds chapitres,
De la grande famille a rétabli les titres ;
Marmontel, Bernardin, le bon Barthélemi :
Presque tous vous ont craints ; nul ne fut votre ami.

Des vertus, des talens, dans votre Ordre brillèrent,
D'ingénieux écrits nous charment, nous éclairent,
Je le sais : Qu'a-t-on fait de ces hommes de bien ?
Le corps sur leurs avis se régla-t-il en rien ?
Des Pétau, des Rapin, des Bouhours, des La Rue (8),
Dans d'innocens travaux l'ambition déçue
Laissait des intrigans, Tellier, Lachaise, Aunat (9),
Régner, en les troublant, sur l'Eglise et l'Etat.

Cessez donc de couvrir les crimes de vos Pères
De l'éclat de vertus à tout l'Ordre étrangères.
Tels d'un arbre chancreux et d'un sol infecté
Naissent des fleurs, des fruits beaux par leur rareté.
Si quelqu'un resta pur en votre horrible école,
Du faux honneur du Corps il encensa l'idole,
Et, par honte et par peur, d'un voile officieux,
Cacha, sans y tremper, vos excès odieux.

Il ne fut qu'à moitié soulevé par ma muse ;
Je n'ai peint aux Français, que votre astuce abuse,
Que les maux dont la France a gémi sous vos lois :
Que serait-ce, grand Dieu ! si mes mains à la fois
Déroulaient le tableau des forfaits exécrables
Que du globe ont redits les échos innombrables ?

En Europe, en Afrique, à la Chine, au Japon,
Des Indes au Pérou, du Tage à l'Hellespont,

On vous trouve partout; partout sur vos vestiges,
Des cultes et des arts empruntant les prestiges,
Marche l'ambition, s'agitant pour avoir
Ce métal, conquérant et gardien du pouvoir :
Là, vassaux révoltés, souverains en soutane (10),
Des travaux aux combats que l'Eglise condamne,
Vos crucifixs guidaient ces sauvages humains (11),
Tirés de leurs forêts par vos avares mains;
Là, vils banqueroutiers, ou marchands sacriléges (12);
Ici, bonzes, lettrés, vous ouvrez vos colléges,
Vos forts religieux, vos savans arsenaux,
Où par de jeunes mains vous forgez les anneaux
De cette chaîne immense et sous les fleurs cachée,
Qui par vos lois au ciel tient la terre attachée.
C'est là que les Damien, les Châtel, les Clément (13),
De votre politique aveugles instrumens,
Suçaient les noirs poisons de l'horrible doctrine,
Dans le sang des humains vengeant la foi divine,
Ouvrant les cieux au monstre, échappé de l'enfer,
Qui plonge au sein des rois un sacrilége fer.
Hélas! c'est vainement qu'on hésite à le croire;
Le seul roi dont le peuple ait gardé la mémoire *,
Ah! d'effroi, de douleur, tout mon sang a frémi,
Le seul qui, près du trône ait souffert un ami

* Vers de l'Ode au peuple par Thomas.

Dont la voix y portait des vérités sévères,
Tomba sous le poignard qu'ont aiguisé vos pères.

Qu'eût dit Ganganelli, pontife courageux (14),
Qui de l'esquif de Pierre, en un siècle orageux,
Chassa ces matelots, ces perfides pilotes,
Esclaves menaçans et serviles despotes ?
Qu'eût-il dit, lorsque Pie et Léon égarés,
De son bref immortel brisant les sceaux sacrés,
Quand les rois, déchirant les lois de leurs ancêtres,
Ont, du Nord dont enfin les ont chassés les maîtres,
Rappelé, réchauffé ces reptiles ingrats,
Pestes de nos églises et fléaux des Etats ?

Ah! je crois voir son ombre et languissante et pâle,
Sortir, pour leur parler, de la nuit sépulcrale,
Leur découvrant son sein d'un mal secret rongé :
»J'ai détruit ce grand corps, dit-il; s'il s'est vengé,
»Je lui pardonne, hélas! mais repris dans ses piéges,
»Et quoi! vous lui livrez vos couronnes, vos siéges!
»Avez-vous oublié tant de complots pieux ?
»De la Ligue insensée il attisa les feux (15);
»De Rome et de Madrid sa main lança les foudres;
»Albion tremble encore au souvenir des poudres (16);
»L'Escurial, Versaille ont frémi des forfaits
»D'un cruel Letellier, d'un traître Bermudès (17):

»L'un fit d'un grand monarque un prince fanatique,
»L'autre vendit aux grands le sceptre catholique.
»Lisbonne s'en souvient, Lisbonne a vu deux fois (18)
»Ces Pères la trahir, assassiner ses rois :
»Que de Malagridas sortis de leur école (19)!

»Mais lorsqu'auprès des rois se glissant sous l'étole,
»Ils dirigent leur cœur, c'est pour les avilir ;
»Sur le trône, à ce prix, ils les laissent vieillir,
»Sous la pourpre et le froc majestés automates,
»Abandonnant le sceptre à leurs mains théocrates.

»Qui plus qu'eux du Saint-Siége a bravé les décrets (20),
»Quand ils blessaient du corps l'orgueil, les intérêts ?
»Qui sur sa tête a fait gronder plus d'anathêmes
»Que ces fils si soumis aux pontifes suprêmes,
»Que du dogme et des mœurs ces précepteurs si purs,
»De l'Eglise orthodoxe oracles toujours sûrs ?
»Quels auteurs scandaleux! que d'écrits dont les flammes
»Du poison de l'erreur ont dû sauver les âmes (21)!

»Des kiosques de Pékin aux cachots de Goa (22),
»Que de fois du pêcheur l'anneau saint échoua
»Contre ces envoyés, apôtres sacriléges,
»Ces rebelles armés d'imprudens priviléges,
»Qui de l'idolâtrie à nos rites sacrés
»Mêlaient les rits impurs avec art colorés !

»Ah! sans verser des pleurs, quel chrétien, quel fidèle (23)
»Peut ouïr déployer cette chaîne cruelle
»De piéges, de dangers, de tourmens outrageux
»Que de Rome ont subis les légats courageux,
»Quand, d'un zèle divin sentant les vives flammes,
»A ces loups séducteurs ils ravissaient des âmes;
»Par ces scribes nouveaux devant d'autres payens
»Traînés, meurtris de coups et de sanglans liens,
»Sans secours, et devant, en leurs besoins extrêmes,
»La vie à la pitié des Idolâtres mêmes,
»Heureux si le martyre, abrégeant de longs jours,
»D'un saint apostolat eût couronné le cours.

»Qui le croirait! les fils des Xavier, des Ignace,
»Jusques à la thiare ont porté leurs menaces:
»On leur confia trop ces redoutables clefs
»Sous qui sceptres, faisceaux s'inclinent ébranlés;
»Clément, Paul, Innocent, Benoît, ces janissaires (24)
»Vous ont plus d'une fois fait trembler sur vos chaires;
»Pour ces prétoriens, le chef du Vatican,
»S'il les flatte, est un dieu, s'il les blesse, un tyran.
»A leur vengeance enfin moi-même je succombe,
»Je meurs; un noir soupçon plane encor sur ma tombe. »

Du bon Ganganelli, peuples, pontifes, rois,
Ah! de grâce, écoutez la salutaire voix!

Ils ne sont point changés, les nouveaux fils d'Ignace.
C'est toujours même astuce unie à même audace.
Du vil Pacanari les obscurs compagnons (25),
Par d'obliques chemins, anonymes larrons,
Se glissent dans les Cours, entrent dans les familles,
De l'Etat, de l'Eglise, invisibles chenilles,
Qui, croissant chaque jour, et changeant de couleurs,
De tout l'arbre, en rampant, rongent feuilles et fleurs.

Jadis l'Ordre enfanta des disciples célèbres :
Quels astres, quels rayons, dans leurs tristes ténèbres
Font briller à nos yeux Mont-Rouge et Saint-Acheul?
Echappés du sépulcre, ils traînent le linceul
Des morts que la science ou que l'Eglise avoue ;
Et du froc en lambeaux qu'honora Bourdaloue,
Du subtil Escobar recouvrent le manteau.
Aux vices de l'ancien je vois l'ordre nouveau
Ajouter l'ignorance et l'orgueil fanatique,
De préjugés poudreux l'ardeur prosélitique.
Leur retour parmi nous ralluma nos débats ;
Le trouble, la discorde, accompagnent leurs pas.
Tels en leurs flancs obscurs on voit les noirs nuages
Promener la tempête et les tonnans orages.

Il est vrai, dira-t-on ; mais par des soins vainqueurs,
Seuls ils savaient former les esprits et les cœurs

A chérir Dieu, le Roi, les parens, la patrie.
Telle est de leurs prôneurs l'adroite flatterie.
Et bien ! montrez-nous donc ces disciples fameux ;
Dieu garde nos enfans d'être élevés comme eux !
Que savaient-ils ? Jouer, sur vos tréteaux scholaires,
Des Bougeant, Ducerceau, les farces populaires (26) ;
Dans quelque mascarade, avec dévotion,
Livrer vos ennemis à la dérision ;
Et dans le monde enfin, continuant leurs rôles,
Ils voltigeaient, trente ans, libertins ou frivoles ;
Et quand les doux plaisirs fuyaient leurs cheveux blancs,
Ils consacraient à Dieu l'ennui de leurs vieux ans.
Voyez notre jeunesse : avec eux quel contraste !
Le bon sens la conduit ; des plaisirs et du faste
L'amour peut enivrer, mais non gâter son cœur.
Du devoir de la gloire il sent l'attrait vainqueur.
Chaste hymen, nœud sacré, doux besoin de deux êtres,
Tendre paternité, pour nos galans ancêtres
Ton joug presque honteux et tes soins sans douceur,
Font de nos jeunes gens l'orgueil et le bonheur.
La foi de leur raison est la fille et la mère,
Non d'un vain préjugé l'ignorante chimère ;
Enfans de la nature et de la liberté,
Leur culte est la vertu, leur dieu la vérité.

Fils de Lamez, c'est vous que tant de voix perfides
De la religion proclament les Alcides ;

Seuls pouvant arrêter, dans leur cours entraînant,
Des révolutions le torrent bouillonnant,
Resserrer dans son lit par des digues profondes,
Ce fleuve débordé sur le sol des deux mondes,
Faire éclore, étouffer les germes si divers
Dont ses flots voyageurs ont semé l'univers!
    Mais qui donc excita cette horrible tourmente?
C'est, direz-vous, la secte impie, indépendante,
Dont les dogmes affreux, dont les hardis écrits,
Des peuples et des rois ont séduit les esprits;
Mais c'est dans votre sein qu'elle fut élevée
La génération contre vous soulevée;
Des fleurs de vos jardins le serpent est sorti:
Voltaire, Diderot, Raynal et Cerutti (27),
Du siècle philosophe immortels coryphées,
De vos habiles soins étalent les trophées.
Qu'aucun ne soit enflé d'un ridicule orgueil!
Du vaisseau de l'Etat brisé contre un écueil
Nul ne peut avancer, retarder le naufrage:
De Dieu, du temps, des mœurs, ce fut l'unique ouvrage.
Du trône et de Thémis les trop longs différends,
Les misères du peuple et le faste des grands,
De la Cour, du Clergé, les vices, les scandales,
Voilà de nos malheurs les semences fatales,
Non des écrits enfans de cette déité,
Reine du monde et sœur de la postérité!

Ces écrits étaient-ils, quand d'outrages injustes
Paris vit insulter tes reliques augustes (28),
Louis, sur ton déclin, soumis à Maintenon ?
Alors Tellier régnait, tout tremblait à son nom,
Et, d'un masque dévot déguisant son visage,
D'un immense couvent la France offrait l'image.
Qui donc à profaner un deuil religieux
Avait instruit ce peuple impie et furieux ?
L'horreur pour votre joug, pour votre fanatisme,
L'instinct d'un peuple las d'un morne despotisme.
Louis put à son char enchaîner l'univers ;
Mais la gloire brillante alors dorait ses fers.
Et sous un joug de plomb, sous des chaînes rouillées
Courbant les nations de leurs droits dépouillées,
Loyola soumettrait à son sceptre de bois
La crosse, les faisceaux, la couronne des rois !
Non, non, j'en jure ici les Bourbons et la Charte (29),
Les nobles magistrats de la nouvelle Sparte,
Jamais, jamais la France une seconde fois
Ne subira l'affront de vos gothiques lois.
En vain de l'anarchie évoquant les fantômes,
Vos perfides clameurs troubleraient les royaumes,
Instruits par le passé, peuples et potentats
Ont, dans un pacte libre, éteint tous leurs débats :
L'histoire aux murs sanglans de Witheal et du Temple (30)
Fait lire aux nations un effrayant exemple ;

Saint-Germain, pour les rois éloquentes leçons !
De Stuart, de Petters redit les tristes noms (31).

O vous, d'un corps proscrit débris illégitimes,
Voulez-vous que la France oublie enfin vos crimes?
D'un espoir orgueilleux sans poursuivre le but,
Cessez de relever un coupable Institut !
De la maison de Dieu si l'ardeur vous dévore,
Et bien ! prêtres zélés du culte qui l'honore,
Que de temples des champs, que de rustiques toits,
Qui de leurs vieux pasteurs ont oublié la voix !
De leurs rangs éclaircis allez remplir l'espace :
L'autel désert vous crie : Ah ! c'est là votre place ;
Ramenez au bercail ces troupeaux délaissés ;
Venez, ils répondront à leurs soins empressés :
Chacun de vous sera l'ange du presbytère.
Ce sont là vos devoirs, votre vrai ministère,
Non d'aller, de la chaire ambulans histrions,
Charlatans des autels, par cent dévotions,
Rits superstitieux ou bizarres pratiques,
Par l'éclat théâtral de vos scènes mystiques,
Electrisant les cœurs, étonnant les regards,
Dominant l'un par l'autre, enfans, femmes, vieillards,
Enlacer dans les fils d'une trame subtile
L'intérêt hypocrite ou le zèle imbécille (32);
Aux mourans, que l'enfer a glacés de terreur,
Dicter ces dons pieux, ces vains legs de la peur,

Qui de l'hérédité brisant les nœuds augustes,
Dotent vos cloîtres saints de richesses injustes (33).

De dogmes dangereux précepteurs surannés,
Flatteurs des grands, des rois, quittez, abandonnez,
De l'éducation le sceptre pédantesque,
Et d'un règne absolu le rêve gigantesque :
L'Etat, l'Eglise alors, vous avouant pour fils,
Ne se souviendra plus qui vous fûtes jadis ;
Vous pourrez, sans trahir la Seine, ni le Tibre,
Vivre à l'abri des lois, d'un roi, d'un peuple libre.

FIN DE LA SATIRE.

NOTES.

(1) L'abbé Barral, auteur du *Dictionnaire historique et critique*, ouvrage qui peut servir de pendant au Dictionnaire de Feller, dans un esprit tout opposé.

(2) Il existe encore en Hollande trois Eglises, Harlem, Deventer et Utrecht, qui, au milieu de l'asservissement général de l'épiscopat aux maximes ultramontaines, ont conservé les traditions des Noailles, des Soanen, des Colbert, des Ricci et des Asseline. Les Jésuites ont signalé leur domination nouvelle à Rome par un bref d'excommunication qu'ils ont fait lancer par Léon XII, en réponse aux lettres respectueuses par lesquelles les évêques de ces trois Eglises annonçaient à S. S. leur élection canonique.

(3) Aux trois vœux ordinaires de chasteté, pauvreté et obéissance, les grands profès ajoutent celui d'un dévouement parfait aux ordres du Pape. Ce fut cette promesse qui vainquit la répugnance de Paul III, à l'égard du nouvel Institut. Par sa bulle du 27 septembre 1540, le nombre des profès fut fixé à soixante ; mais par celle du 14 mars 1543, cette restriction fut anéantie. Depuis ce temps l'Ordre n'a cessé de s'étendre par toute la terre jusqu'à l'époque de sa destruction. Il y avait alors plus de 20,000 Jésuites. Jules III, Pie IV, Pie V et Grégoire XIII leur ont accordé les priviléges les plus extraordinaires. Beaucoup de successeurs de ces papes ont plus ou moins favorisé ces religieux, qui ne se sont dévoués avec tant d'ardeur aux intérêts de la Cour de Rome, qu'afin de régner par elle. C'est pour la même raison qu'ils prêchent aux rois le pouvoir absolu, à l'aide duquel ils établissent leur propre domination.

(4) On attribue à Lainez, second général des Jésuites, les constitutions et surtout les déclarations données sous le nom de saint Ignace. Ce premier fondateur ne paraissait pas doué d'une pénétration, ni d'une force de génie capable de rédiger cette œuvre de la politique la plus fine et la plus ambitieuse, couverte du masque de la piété : d'autant plus dangereuse qu'elle semble n'avoir pour but que la gloire de Dieu et le salut du prochain. C'est là l'idée qu'on ne saurait s'empêcher de former, en voyant cette autorité immense assurée au général, cette obéissance aveugle prescrite à tous les sujets, cet ordre et cette économie qui mettent ce chef à portée de savoir, en un instant, tout ce qui se passe non seulement dans sa compagnie, mais par toute la terre ; ce pouvoir de n'admettre, ou de ne garder dans son ordre que ceux qu'il lui plaît ; enfin ce privilége unique et singulier de pouvoir abroger les anciennes constitutions, et d'en faire de nouvelles selon sa fantaisie.

Mais c'est surtout dans l'article de l'obéissance au Pape, que l'on voit briller cette politique. Le général, n'admettant à ce quatrième vœu que les sujets qu'il juge à propos, et le nombre de ces grands profès étant très-petit, il peut opposer, quand il veut, au Saint-Siége la désobéissance du plus grand nombre des Jésuites.

On en peut dire autant du vœu de pauvreté qu'ils ont trouvé le secret de rendre compatible avec les héritages et biens de famille dont ils permettent la propriété à leurs religieux ; et avec ces rentes et ces revenus que leurs maisons peuvent recevoir, en prenant le nom de collége. Même observation sur ce désintéressement apparent qui leur défend de rien prendre pour les messes, les prédications et autres fonctions ; mais qui les autorise à recevoir des donations testamentaires. Un arrêt récent de la Cour royale de Douai prouve que les Pères de la Foi n'ont pas oublié de mettre ces règles en pratique.

Ces constitutions furent imprimées, pour la première fois, à Rome, en 1558 ; et pour la seconde fois, quarante-huit ans après.

(5) Dans toute l'Europe les universités, le clergé, les ordres religieux, tout s'opposa aux premiers établissements des Jésuites. Après trois tentatives infructueuses pour s'introduire en France, le parlement les renvoya à l'évêque de Paris. L'évêque les renvoya à la Sorbonne, qui, après un mûr examen, déclara que *Cette société était plutôt née pour la ruine que pour l'édification des fidèles.* Ce ne fut qu'en 1561 que le parlement enregistra l'avis du colloque de Poissy, aux conditions

que les Jésuites, pour être reçus, renonceraient à toutes les bulles et priviléges contraires aux lois du royaume. Dans ce même temps, ils sollicitaient et obtenaient une bulle de Pie IV du 29 août 1561 qui leur accordait les droits et les exemptions les plus abusives. On connaît la fameuse consultation de Charles Dumoulin, célèbre jurisconsulte, donnée contre ces Pères en faveur de l'université de Paris. Ce fut le 1er octobre 1564 qu'ils ouvrirent leur collége de Clermont, connu depuis sous le nom de collége Louis-le-Grand.

On ne sera peut-être pas fâché de connaître une épigramme que l'on fit à l'occasion du changement de l'inscription qui portait d'abord : *Collége de la Compagnie de Jésus de Clermont*. Cette épigramme est en latin ; mais en voici à peu près le sens :

> De Jésus, sur la porte, on lisait le saint nom ;
> Leur main en effaça les sacrés caractères ;
> Mais Jésus volontiers s'éloigna des bons Péres :
>   Fit-il jamais pacte avec le démon ?

(6) Boyer, ancien évêque de Mirepoix, eut long-temps la feuille des bénéfices, sous le cardinal de Fleury. Un aveugle dévouement aux Jésuites fut auprès de ce prélat, leur créature, le premier titre aux dignités ecclésiastiques.

C'est de cette époque que date le changement surprenant qui s'est opéré dans l'esprit du clergé qui, sous Louis XIV et même sous Louis XV, s'était distingué par une opposition si courageuse et si constante aux Jésuites et aux ultramontains.

Presque tous les curés des grandes villes s'étaient joints à Port-Royal, à l'Oratoire, à l'ordre de Benoît pour combattre la société.

(7) Bossuet ne s'est pas déclaré ouvertement contre les Jésuites ; mais la haine que nos nouveaux ultramontains portent à ce grand évêque prouve bien qu'ils ne se sont pas trompés sur ses vrais sentimens à leur égard.

Boileau était trop ami d'Arnauld pour l'être de la Société. Son frère le docteur définissait plaisamment les Jésuites : *Des gens qui alongent le symbole, et raccourcissent le décalogue.* Dans l'histoire où sa plume a tracé le tableau fidèle des vertus de Port-Royal, Racine a consigné l'immortelle expression de sa pieuse indignation contre les persécuteurs de cette maison célèbre.

Voltaire, par intérêt ou par crainte, a souvent chanté la palinodie des Jésuites ; mais on voit par sa correspondance avec d'Alembert qu'il n'était pas fou d'un ordre qui tend à la domination universelle, sous l'étendart de la religion.

Les lettres particulières de Montesquieu, les mémoires de Darcet, son secrétaire, ceux de Hérault de Séchelles sur Buffon, ne laissent aucun doute sur l'aversion du législateur des nations et du Pline français pour la Société. Ses amis font grand bruit des éloges que ces deux grands hommes ont donnés au gouvernement du Paraguay ; mais pourquoi ne louerait-on pas ce qui est bon en soi-même, abstraction faite des motifs et du but ? L'honneur en est à la religion, quoique les Jésuites s'en soient servis plutôt dans l'intérêt de leur domination que dans celui de l'humanité. Les pauvres ne profitent-ils pas des aumônes de la vanité ou de l'hypocrisie ? — Voyez les mémoires de Marmontel et la préface des *Voyages du jeune Anacharsis*.

(8) Le P. Petau, célèbre par sa profonde érudition, est auteur du *Rationarium temporum*, traité de chronologie, où cette science est savamment débrouillée.

Le P. Rapin, émule des Commire, des Porée, des Vannière, a composé en beaux vers latins un poëme sur les jardins.

Le P. Bouhours, bel esprit un peu guindé, est connu par son livre : *De la manière de bien penser sur les ouvrages d'esprit*, où il a fait preuve de connaissances et de goût.

Le P. La Rue, ami du grand Corneille, est un de nos poètes latins les plus élégans ; il a enrichi de ses savans commentaires la plupart des poètes de l'ancienne Rome. Plusieurs de ses oraisons funèbres l'ont mis à côté de Fléchier.

(9) Parmi ces trois Jésuites confesseurs de Louis XIV, Tellier ou Letellier s'est rendu odieusement célèbre par les conseils violens qu'il donna à ce monarque ; il fut le principal auteur de la destruction de Port-Royal, et le persécuteur du cardinal de Noailles.

(10) Les Jésuites ont armé plusieurs fois les Indiens contre les troupes de l'Espagne et du Portugal, et en dernier lieu lorsque ces deux

puissances voulurent reprendre les possessions dont la Société s'était emparée. *Ecclesia nescit sanguinem.*

(11) Les produits du travail, dans les maisons du Paraguay, étaient vendus au profit de la Société, qui par là faisait un commerce immense, quoique le négoce lui fût interdit par les constitutions.

(12) La première banqueroute des Jésuites eut lieu à Séville. On connaît celle de leur P. Lavalette, qui entraîna leur destruction en France.

(13) A ces trois régicides qui avaient été élèves ou domestiques chez les Jésuites, il faut ajouter le jeune fanatique Barrière qui frappa Henri IV à la bouche, encouragé par le Jésuite Vazade.

On frissonne quand on lit dans les mémoires de Sully que ce bon roi ne s'était décidé à rappeler les Jésuites, qu'il espérait désarmer à force de bienfaits, que pour ne pas vivre dans des transes perpétuelles, et éviter la catastrophe que consomma Ravaillac.

(14) Ce pape, qui prit le nom de Clément XIV, est célèbre par son esprit aimable, par sa piété sincère et tolérante. Après quatre années de réflexions, il supprima, par son bref du 21 juillet 1773, l'institut des Jésuites, à la prière de tous les monarques et gouvernemens catholiques. Presque aussitôt après cette suppression, il tomba dans une maladie de langueur dont la vraie cause n'est pas encore bien connue.

Pie VII les a d'abord rétablis en Russie, d'où ils ont été dernièrement chassés ; et ensuite partout où l'on voudra les recevoir. Léon XII paraît leur avoir rendu toutes les faveurs pontificales.

(18) Dans son *Histoire impartia'e des Jésuites*, Linguet est obligé de convenir que ce furent ces Pères qui se signalèrent le plus dans les troubles de la Ligue, par leurs fureurs et leurs intrigues criminelles. Ils servaient d'espions à Philippe II et aux papes fauteurs de la Sainte-

Union. Les mémoires d'Etienne Pasquier, son plaidoyer et celui d'Antoine Arnauld sont curieux à lire à cet égard.

(16) Les Jésuites Garnet et Oldecorne furent pendus à Londres en 1615, après avoir été convaincus d'être entrés dans la conspiration des Poudres. Elle avait pour but de faire sauter la salle du Parlement où Jacques 1er s'était rendu pour en faire l'ouverture. Il est peu de conspirations contre Elisabeth dans lesquelles les Jésuites n'aient pas pris part.

(17) Ce fut le Jésuite Bermudès, confesseur de Philippe V, qui engagea ce prince à abdiquer en faveur de son fils en bas âge, Don Louis, qui mourut presqu'aussitôt. Les intrigues vénales de ce Jésuite faillirent livrer l'Espagne aux orages d'une anarchie oligarchique. Voyez l'Histoire pendant le dix-huitième siècle, par M. de Lacretelle.

(18) Après la mort de Don Sébastien, tué à la bataille d'Alcaçar, les intrigues des Jésuites favorisèrent l'invasion du duc d'Albe qui rangea le Portugal sous la domination de Philippe II, roi d'Espagne. La révolution, qui plaça sur le trône la maison de Bragance, et affranchit le Portugal, fut peu de leur goût.

(19) Ce jésuite, consulté ainsi que ses deux collègues Alexandre et Mathos, par le duc d'Aveiro, s'il était permis d'assassiner Joseph, roi de Portugal, qui avait séduit la duchesse, répondit : *Que ce n'était pas seulement un péché véniel que de tuer un Roi qui persécutait les Saints ;* c'est-à-dire les Jésuites auxquels ce souverain était peu favorable. Une foule de Jésuites ont professé cette exécrable doctrine, qui n'a été désavouée par la Société que d'une manière fort équivoque. Il suffit de lire l'histoire latine des écrivains de la Compagnie de Jésus, publiée à Rome, au commencement du 18e siècle, et approuvée par le général, pour se convaincre que ces désaveux publics n'ont été arrachés que par les circonstances. Le P. Jouvency, qui est l'auteur de cette histoire, y prend à tâche de célébrer comme des martyrs ou des

saints à miracles , tous les écrivains régicides de sa Société. Cet ouvrage fut condamné par le Parlement de Paris, et un exemplaire fut brûlé par la main du bourreau. Ce P. Jouvency était-il un ignorant ? écrivait-il sous l'influence d'un siècle fanatique ? Le P. Guignard , pendu en 1594 , pour avoir gardé des manuscrits de sa main, où il provoquait l'assassinat d'Henri IV, figure dans cet étrange martyrologe , avec les Jésuites Garnet et Oldecorne dont il est parlé plus haut.

(20) Il est à remarquer que les Jésuites ont provoqué contre eux plus de bulles , de brefs , de condamnations, que les sujets le plus ouvertement rebelles au vicaire de J.-C.

(21) Il y aurait de quoi faire des *auto-da-fé* , autrement énormes que ceux dont nos Jésuites modernes ont donné le spectacle , dans plusieurs missions , en brûlant quelques éditions de Voltaire et de Rousseau , si l'on pouvait jeter dans le feu tout ce que tant de leurs anciens pères ont écrit d'extravagant, d'hérétique , d'impie , d'obscène , de calomnieux, de dangereux pour les mœurs publiques et particulières , ainsi que pour la sûreté et la tranquillité des peuples et des gouvernements. Ce n'est rien d'avoir lu *les Provinciales* : la plume chaste et timorée de Pascal n'a pas osé citer tout ce que des religieux n'ont pas craint d'écrire. Parmi les casuistes dont la Société abonde, le plus curieux, sous ce rapport, est Sanchez, dans son traité *De matrimonio*. L'imagination du bon Père a deviné toutes les combinaisons possibles de la lubricité la plus raffinée. *Ab uno disce onmes*. Virg. Enéid. Le P. Berruyer , dans son Histoire du peuple de Dieu, n'est pas moins érotique que l'auteur des *Galanteries de la Bible*.

(22) Les Jésuites qui , d'après leur esprit , tendent à dépouiller tous les autres ordres au profit de leur domination , avaient enlevé aux Dominicains l'inquisition de Goa, la plus formidable sœur de celles d'Espagne et de Portugal. Mais on dit que les nouveaux Jésuites se sont un peu refroidis pour cette institution si salutaire, depuis que les inquisiteurs de Lisbonne ont fait brûler le P. Malagrida , en 1761.

Les Jésuites , missionnaires à la Chine et aux Indes , ne se sont ja-

mais soumis aux bulles et brefs qui condamnaient les cérémonies idolâtres qu'ils permettaient à leurs néophytes.

(23) Il serait trop long de citer les noms de tous les évêques qui,
dans les deux mondes, ont souffert les persécutions des Jésuites, pour
s'être opposés à leurs excès dans la doctrine, la morale et la discipline.
Les plus connus, après le cardinal de Noailles, sont : Dom Jean de
Patafon, évêque d'Angelopolis, dans le Mexique ; et M. Smith, en
Angleterre, d'où il s'enfuit en France parmi les légats et les vicaires
apostoliques ; ceux qui reçurent les plus indignes traitements furent le
martyr Sotello, missionnaire au Japon ; le cardinal de Tournon, M. de
Mézabarba, envoyés par le pape Clément XI ; et M. de Labeaume, par
Clément XII, pour terminer les disputes, relativement aux cérémonies chinoises et aux rits malabares, condamnés définitivement par une
bulle de Benoît XIV, du 1er juillet 1742. (Voyez les Mémoires histo-
riques du P. Norbert).

(24) Lorsque Clément VIII se déclara contre Molina, les Jésuites
firent soutenir des thèses où l'on mettait en problème : *S'il était de
foi qu'un tel Pape fût vraiment Pape ;* et Aquaviva, leur général,
menaça Paul V de dix mille plumes jésuitiques, s'il publiait sa bulle
contre le même auteur. Innocent XI fut décrié par eux comme Janséniste, non pas tant pour avoir écrit des lettres assez flatteuses au grand
Arnauld, que pour avoir flétri leurs *casuistes*. Benoît XIII et Benoît
XIV n'ont pas été plus respectés des bons Pères. Que dirons-nous de
Clément XIV qui les a supprimés ? Il est certainement dans l'enfer
avec tous les rois catholiques qui ont chassé la Société.

(25) Les Jésuites qui n'ont pas osé d'abord reparaître en France
sous leur ancien nom, reconnaissent pour second fondateur un Italien
nommé Pacanari, soldat déserteur. Pie VII éprouva la même répugnance à approuver l'institut à sa résurrection, que jadis Paul III eu
avait montrée à la naissance de cet ordre.

(26) Le P. Bougeant a composé plusieurs comédies de collége, entre
autres la *Femme Docteur*, la *Banqueroute des marchands de Miracles,*

où il tourne les jansénistes en ridicule. Les expressions de la théologie sont employées assez indiscrètement dans ces pièces. Le P. Ducerceau est auteur du *Duc de Bourgogne*, ou *les incommodités de la grandeur*. C'est une imitation de Sancho-Pança dans l'île de Barataria. Parmi quelques scènes plaisantes et quelques vers heureux, il faut dévorer bien des trivialités. C'est le caractère de presque toutes les productions de ce Jésuite.

Les mascarades et les ballets allégoriques étaient aussi fort en usage dans leurs colléges. En 165 r, dans une procession, ils représentèrent la *Grâce suffisante*, traînant derrière elle *Jansénius*, évêque d'Ypres, défenseur de la *Grâce efficace*. En 1647, dans le Mexique, ils en firent une dans le même genre, où la dignité épiscopale était encore plus insultée. Un de leurs écoliers avait une crosse pendant à la queue de son cheval, et une mître aux étriers.

En 1663, il donnèrent à Paris le ballet de la Vérité. Ils en firent danser un à Châlons-sur-Marne, en 1728, le mardi-gras, avec des postures plus qu'indécentes, et en 1730, un autre à Lyon, où le pape faisait danser un rigodon à la religion.

(27) Les deux premiers ont fait leurs études chez les Jésuites. Les deux autres avaient été Jésuites ou en avaient porté l'habit. L'incrédulité de Voltaire n'est que trop fameuse. Diderot a poussé l'impiété jusqu'au fanatisme. Les déclamations philosophiques que l'abbé Raynal a répandues avec profusion dans son Histoire de l'établissement du commerce dans les Indes, font voir que l'ordre des Jésuites n'a pas su plus que les autres se garantir de la contagion des doctrines du siècle. Cerutti, l'apologiste de l'Institut, auquel il renonça avec une facilité scandaleuse, par la part très-active qu'il a prise à la révolution, n'a pas moins prouvé que ce corps eût aussi enfanté beaucoup d'apostats si l'aurore révolutionnaire en eût éclairé le tombeau.

(28) Le peuple, pendant les funérailles de Louis XIV, remplissait, sur toute la route de Saint-Denis, les cabarets qu'il faisait retentir de chants indécents où les noms de ce grand roi et de madame de Maintenon étaient souillés d'opprobre.

(29) Le premier acte de S. M. Charles X a été de nous rendre la liberté des journaux qui avait été suspendue dans les derniers moments de l'immortel auteur de notre restauration monarchique et constitutionnelle. Le Monarque, qui a juré sur les autels de maintenir ce pacte sacré, ne souffrira pas qu'on le déchire ; c'est dans l'intérêt du trône, comme dans celui de la nation qui ne demande qu'à jouir tranquillement du plus beau présent qui en soit descendu. Il est d'ailleurs sous la sauve-garde de sentinelles vigilantes, la Pairie et la Magistrature.

(3o) Le palais de Withéal fut la prison de Charles Ier, roi d'Angleterre. Quel est le Français qui n'ait pas entendu parler du Temple d'où le meilleur et le plus infortuné des hommes et des rois ouvrit le chemin sanglant où tant de ses amis et de ses ennemis l'ont suivi.

(31) C'est à St-Germain-en-Laye que mourut Jacques II, le dernier qui ait porté la couronne britannique. Il ne la perdit que pour avoir trop écouté les conseils du P. Petters, son confesseur, et des autres Jésuites dont il était toujours entouré. Il était affilié à leur ordre, et mourut en habit de Jésuite.

(32) Nos nouveaux Jésuites, conformes à leurs Pères, ont forgé mille inventions pieuses, retraites, confrairies, congrégations, propres à leur attacher, dans toutes les classes, les âmes simples et crédules. L'adoration des cœurs de Jésus et de Marie, les plantations d'énormes calvaires, les amendes honorables, les processions mêlées d'une pompe mondaine et guerrière : voilà le culte tout extérieur qui leur attire la foule et qui fait toute la religion de tant de gens. L'ancien usage des flagellations, établi autrefois par les Jésuites, ne tardera pas sans doute à revenir. Les dames congréganistes se faisaient fustiger une fois la semaine par leurs confesseurs. On en voyait même se discipliner indécemment dans les églises des Jésuites, le long des rues et dans les processions les plus solennelles. Les évêques d'Espagne, qui ne faisaient pas des mandements pour exalter les Jésuites, anathématisèrent ces scandaleux abus et ceux qui les prêchaient, dans un Concile tenu à Salamanque en 1565 ; et les curés de Louvain, qui ne se faisaient pas

une gloire de céder leurs chaires aux Jésuites , de concert avec l'Université , proscrivirent les retraites et les congrégations , et défendirent à leurs paroissiens de se confesser aux bons Pères.

(35) Un arrêt récent de la Cour royale de Douai qui a forcé une maison de Jésuites à rendre aux héritiers d'un nommé l'Epine trente mille francs qu'ils disaient lui avoir déposés, prouve que les bons Pères n'ont pas oublié de mettre en pratique les règles de leurs anciens fondateurs. Les fabriques des églises où ils vont faire leurs excursions , s'aperçoivent par l'état de leur caisse que ce n'est pas *gratis* que ces nouveaux apôtres ouvrent le trésor des grâces célestes.

FIN.

IMPRIMERIE DE SÉTIER,
Cour des Fontaines, n° 7, à Paris.